百噪音

黃裕文——著

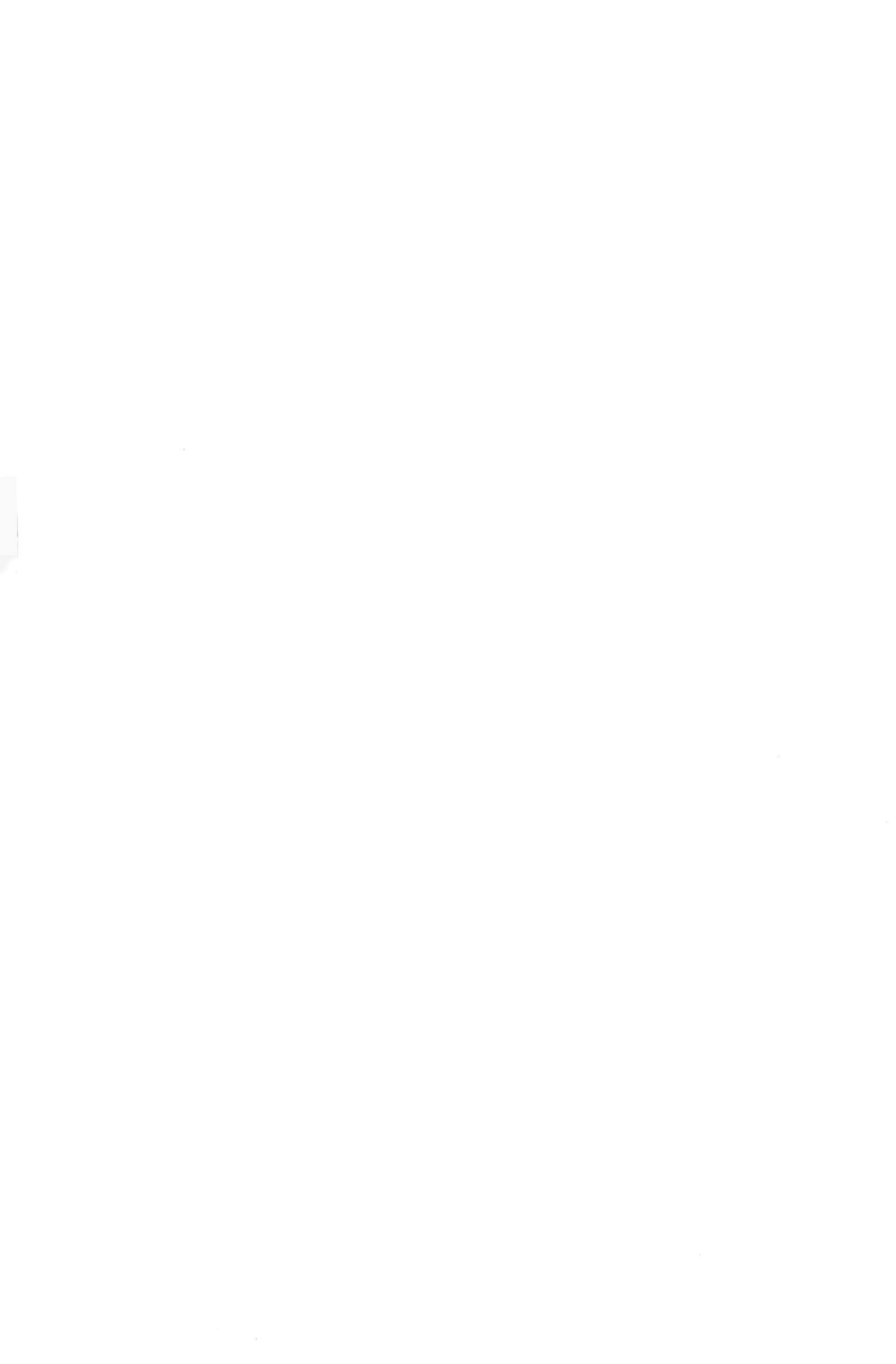

獻給我的家人。

【總序】臺灣詩學吹鼓吹詩人叢書出版緣起

蘇紹連

「臺灣詩學季刊雜誌社」創辦於一九九二年十二月六日，這是臺灣詩壇上一個歷史性的日子，這個日子開啟了臺灣詩學時代的來臨。《臺灣詩學季刊》在前後任社長向明和李瑞騰的帶領下，經歷了兩位主編白靈、蕭蕭，至二〇〇二年改版為《臺灣詩學學刊》，由鄭慧如主編，以學術論文為主，附刊詩作。二〇〇三年六月十一日設立「吹鼓吹詩論壇」網站，從此，一個大型的詩論壇終於在臺灣誕生。二〇〇五年九月增加《臺灣詩學・吹鼓吹詩論壇》刊物，由蘇紹連主編。《臺灣詩學》以雙刊物形態創詩壇之舉，同時出版學術專業的評論詩學，及以詩創作為主的詩刊。

「吹鼓吹詩論壇」定位為新世代新勢力的網路詩社群，以「詩腸鼓吹，吹響詩號，鼓動詩潮」十二字為論壇主旨，典出自於唐朝・馮贄《雲仙雜記・二、俗耳針砭，詩腸鼓吹》：「戴顒春日攜雙柑斗酒，人問何之，曰：『往聽黃鸝聲，此俗耳針砭，詩腸鼓吹，汝知之乎？』」因黃鸝之聲悅耳動聽，可以發人清思，激發詩興，詩興的激發必須砭去俗思，代以雅興。論壇名稱「吹鼓吹」三字響亮，論壇主旨旗幟鮮明，立即在網路詩界開荒之際引領風騷。

「吹鼓吹詩論壇」網站在臺灣網路執詩界牛耳是不爭的事實，詩的創作者或讀者們競相加入論壇為會員，除於論壇發表詩作、賞評回覆外，更有擔任版主者參與論壇版務的工作，一起推動論壇的輪子，繼續邁向更為寬廣的網路詩創作及交流場域。在這之中，有許多潛質優異的一九七〇和一九八〇世代的年輕詩人逐漸浮現出來，其詩作散發耀眼的光芒，深受詩壇前輩們的矚目，另外，也有許多重拾詩筆寫詩的一九五〇和一九六〇世代詩人，因為加入「吹鼓吹詩論壇」後更為勤奮努力，而獲得可觀的成果，他們不分年紀，都曾參與「吹鼓吹詩論壇」的耕耘，現今已是能獨當一面的二十一世紀頂尖詩人。

二〇一〇年，為因應facebook的強力效應，「臺灣詩學」增設了「facebook詩論壇」社團，由臉書上的寫作者直接加入為會員，一齊發表詩文、談詩論藝，相互交流。二〇一七年一月二日起，將「facebook 詩論壇」改為本社在臉書推動徵稿的平臺園地，與原「吹鼓吹詩論壇」網站並行運作。後來，因應網路發展趨向，「吹鼓吹詩論壇」網站漸失去魅力，故於二〇二一年五月三十一日宣告關站，轉為資料庫，只留臉書的「facebook 詩論壇」做為投稿窗口，並接受 e-mail 投稿，而《吹鼓吹論壇》詩刊仍依編輯企劃，保留設站的精神：「詩腸鼓吹，吹響詩號，鼓動詩潮」，繼續的運作。

除了《吹鼓吹論壇》詩刊外，二〇〇九年起，更進一步訂立「臺灣詩學吹鼓吹詩人叢書」方案，鼓勵在「吹鼓吹詩論壇」創作優異的詩人，出版其個人詩集，期與「臺灣詩學」的宗旨「挖深織廣，詩寫臺灣經驗；剖情析采，論說現代詩學」站在同一高度，留下創作的成果。此一方案幸得「秀威資訊科技股份有限公司」應允，而得以實現。「臺灣詩學季刊雜誌社」將戮力於此項方案的進行，每年甄選數名優秀的詩人出版詩集，以細水長流的方式，也許三年、五年，甚至十年之後，這套「吹鼓吹詩人叢書」累計無數本詩集，將是臺灣詩壇在二十一世紀中一套堅強而整齊的詩人叢書，以此見證臺灣詩史上這段期間詩人的成長及詩風的建立。

我們殷切期盼，歡迎詩人們加入「臺灣詩學吹鼓吹詩人叢書」的出版行列！

二〇二三年一月修訂

【推薦序】多色階飛揚的多聲腔——序黃裕文詩集《白噪音》

靈歌（野薑花詩社副社長）

白是純淨，噪音是雜亂無章的聲音。顏色與聲腔共鳴，純淨與噪音在矛盾中融合，某些人的純淨成為某些人的雜亂，黃裕文在此衝突、對撞、互相干擾中寫出，動人而餘韻渺遠的詩行。輯一至輯六，呈現多種風格與語言的作品，創作時間僅僅五年，而八十四首詩不僅豐饒，且囊括廣大時空，既穿透又回聲四起。

輯一的「一刀一刀慢慢剪」，十八首詩，以〈生字〉開端：「窗口用格子練習很久／還是不習慣忽然就／秋了」，如此意外的口吻，將首部詩集的第一首詩第一節，推上舞台，讓讀者觀賞與剖析：「盆栽開始瘦身／折斜斜的日影／偷偷戳人／一種過渡的癢」。詩文字首次登台卻不陌生，只是意在言外的戳人以癢。拉開序幕之後，生活顏色盡展於伸展台，如此出奇不意：「有時窗外樹影撞我／風在領舞了／遞來樂句／一或兩個八拍，要我／要我閉上眼／跟上」（〈如果不踢踏〉）。既定的生活，不免有紅燈，島嶼長夏也只是〈夏半場〉：「繼續／必需的蹲點／向遠方答數／繼續一次性的火種／反覆成為火」。此輯的生活側寫多面向，音質多聲腔，中短詩流水中高山倒影躍入，不時突擊的精彩語詞由不得人側目。長詩敘事中異軍突起如：「講師交代要問好問題／牽車時我想／一棵樹／一棵種在停車場邊的樹／一棵種在停車場邊根系封在水泥地底的樹／一棵種在停車場邊根系封在水泥地底葉子浸在空汙裡的雨豆樹」，如此精彩宛如層層海浪拍岸的交響。而小詩餘韻環繞：「拔掉塞子／慢慢流掉加速的那些／慢慢成形／／一點一點騰空的自己」（〈反向〉）。

輯二「細細刨絲給你」，每一首詩都有對象：跳舞房子的追求自由；水彩曲折婉轉的小情意；玻璃瓶子寫給四歲外甥女的塗鴉；失愛物種寫寵物的無奈與難捨；以及這首精彩小詩：〈海只遞來〉：「此後，你謝絕起皺／那是兩款拼圖混在一塊／試圖拼一幅完整。／／海只遞來透明的語句」。然後，是連續幾首短組詩，尤其這一首，四行二則的〈細雨〉，文輕情重，又不露痕跡，實是小詩經典：

〈細雨〉

1.

你不會知道思念有多重

因為那座海
我已細細刨絲
給你

2.
我是只向你坦露的
指腹

你是不是只對我細述的
點字書？

如此樸素的文字營造出如此千迴百轉的情意，第一則的一三分段，自問自答，而你，無須知道。第二則的二二分段，第一段我是主詞，你是受詞，我是肯定句；第二段主受詞相反，因為主詞是你，成為了問句。四幕組詩的〈被暗殺的人〉，是活跳的另類情詩，以多面鏡的反射，各種面向的情之物語。二首以一二三漸增行數的極短詩〈傷痕遊戲〉、〈愛河〉，都從不思議的視角切入，表現不凡。

輯三「在你的眺望裡描述莽原」，寫植物動物，寫〈樹屋〉寫〈晚蟬〉。

〈別問幾隻〉中寫「徒勞的霧」、「那頭虛胖的年」、「無名指的夢」、「胎動的紅燈」。如此新穎的虛實交替互映。一首詩題亮眼的〈閣樓徹夜飛行〉，有這麼多驚奇的段落：「被寂寞加冕的閣樓／正式飛往荒涼的領地／去登基／／時間很軟／慢慢跟。值夢的角鴞在簷角／是最後一張預言在桌角／樂意被掀開」。「登基」二字，「預言在桌角」，都是不可多得的創新。還有許多詩中許多字句，彷彿是星星下凡的露珠閃爍：〈異體質〉的「不去承認／摺錯重摺的歲月裡／醒目的敗筆，彷彿痂是唯一／兑現的樂趣／／沿著抗體你緩緩結出／艱難的部首」；〈兇猛靜物〉中的「視窗打開潮汐／用命題追咬恆星／裙礁裡孳生的底棲的夢／帶刺，吻有劇毒／寄居以詰問」；〈白噪音〉的「舞的盡頭，腳還蔓延／自己的草原／／所有小小的草尖都像快觸及／一棵不存在的樹」；每一首詩，都圍繞著閃閃發光的語詞。

輯四「僅僅因為搖晃」，這些令人愛不釋手的詩與詩行：「不是每一個輝煌宇宙／都有對應的光劍／披風甚至來不及在場／彈幕的肩」——〈每個白夜黑日你登上隱形星艦〉；「他終於抱了心底／那躲起來的孩子／／他終於讀懂自己／一直被世界寫錯」——〈改錯〉；「夠薄，夠薄了／才學會延展／牢牢貼地／溪流有海的下文／寸草是巨木的詞根」——〈冰屋〉，「下文」與「詞根」，真是神來之筆。而多首組詩：〈水手，水手〉中的「1. 被浪馴服的人只需要更多的浪鎮痛／／2. 能追述的海僅僅是起點／不被抵達的星才撐起航向／／3.遠洋的醉陸岸從來解不了／遁入酒才勉強回穩／泊港的每一艘黑天白夜」。小詩不僅僅是凝鍊，且意涵深遠。〈燈光師工作日誌〉，出奇地以金木水火土日月為每一組小組詩題，讓人印象深刻。〈調酒師切點〉六組詩中的二組：「1.他從星圖敲下碎冰／冰鎮每一杯寂寞的／潮線。誰的海因為時差／從胡桃木吧檯一腳／跨到煙霧舷窗」、「6.他的貓沉在燈的杯底／有人被點唱機射中靶心／有人端好甲板，乾掉浪／而不溢出眼眶／家的虛線」。這麼多大膽的意象，一再翻新讀者的想像，讓人不由得拍案。

輯五「世界依然應允」的野生動物與環保議題，讓人感受作者創作的多面向關懷，關懷出生的土地；關懷野生動物的生存權，像〈赤尾青竹絲〉裡的「是環境蓄積了／足夠張力／才產生完美毒牙／與吐信／頻窩還是那麼有感於熱／有感於人類無感的氣候／微妙變遷」；關懷社會各種現象的不公不義；關懷這個島上的政客，以及極少部分貪婪的人民，如何破壞自然，如〈柴山海岸〉中的「海岸林。歲月安靜成一隻／白高腰蝸牛／頭尾拉長／再拉長／像為了下切珊瑚礁岩／用一座海／冰敷崩解的痛楚」；再如〈岸不能拒絕〉的「印象的舊路線往下／時尚是寬頻，上傳遊客到／每一處打卡熱點／他說，岸不能拒絕浪啊／午後，紅頭山有雨／雨中有氣象站漏報的瘀青」。批判中十分節制，吶喊而不激情，文字沉潛，卻撼動人心。四十二行不分段一氣呵成的〈問路——溼地種電〉，讓人眼眶泛紅：「老人隨手一塊溼地洗老花／『肺難得放晴了』／／老人咳，說好發季節煤是過敏原／指給我看腹部長巨型釘齒一列／逐日耙開天空／把整座島往灰裡倒／／『一旦啊選了路走／路就走成你們』／老人的凝望漸漸舢舨／肉眼只追上一大片光／／文明卡在前面／一再踩線，老人說不介意後退／再後退／／眼，那眼底成像追尋的光／能開路，且懂得／讓路」。五十六行的長詩〈不存在的公聽會〉，讓人憤慨得熱血沸騰；另一首五十行的〈致一生寫在門上的人——《車諾比的悲鳴》〉讓人感受到作者的悲憫，不分國界。長短詩，黃裕文寫來皆如行雲流水。

輯六「反覆拆封更多的耳朵」，是輯五的延伸擴大，從島嶼，走向世界。不變的是，批判的是集權，是戰爭，是掠奪，是壓迫，是殘害。路走得夠遠，淚流乾，血也無法抑制。最後一首詩又繞回臺灣，這首〈臺灣特有種〉，諷刺兩岸的現況與未來，臺灣內外的表裡，風雲詭譎，面對對岸的恫嚇演習頻繁，臺灣二大政黨鬥爭得不死不休，誰能，為島上的人民生存與自由幸福發聲？對岸以同一民族的血濃於水統戰，卻無法取得島上人民的信賴。凡此種種，確實，是〈臺灣特有種〉，世界唯一。

這本詩集，不只是雄心大略，豐富呈現出，作者多方自我挑戰的野心，六輯八十四首詩，多所涉獵。人生與生活，島嶼與世界，人與自然，抒情與批判，皆納入書中。而值得稱讚肯定的，作者文字之凝鍊成熟，意象之創新奇詭，以平凡邁步不凡，以有限展示無限，是一本不可多得的好詩集，而這一本，也僅僅是作者處女作。既然一鳴驚人，也為將來的作品擘劃出，令人無限期待的遠景。

【推薦序】如飲佳釀，如聆天籟——讀黃裕文詩集《白噪音》

李畇墨（詩聲字藝文社群創辦人）

大約從二〇二一年時，我們所經營的臉書創作社團「竊竊詩語」，每週都有數以百計的作品發表。除擇優在「詩聲字」分享外，我們也與幾個詩刊合作，推薦至實體刊物上。因此，我留意到幾位優秀的創作者，包括Ewing Huang，亦即裕文。

裕文在社團中的產量並不算多，但凡發表，都是言之有物、食之有味的，看得出他具有豐厚的人文關懷，以及紮實的創作功底，亦已形成自身的風格。每當內子林思彤選用作品予詩刊時，裕文自然是常客。

裕文的某些背景資訊，是我在讀其詩作與貼文時即獲知的，他是高雄人，國中國文教師。有的是此次看到作者簡介時，我才知曉，例如他是一九七四年生（我原來以為是八〇後），國立臺灣師範大學國文系畢業；從獲獎及刊登情況來看，也可明瞭他的作品已備受肯定。

《白噪音》是一部優質的詩集，集中作品讓我產生紛繁的感觸與思考，並非一朝一夕所能梳理的，有待日後捧讀時，再三品味。這裡僅就個人初初讀畢時捕捉到的想法，向讀者分享。

精裁與細刨

輯一「一刀一刀慢慢剪」，寫的是生命旅途上的種種。例如輯首之〈生字〉，「窗口用格子練習很久／還是不習慣忽然就／秋了」，「盆栽開始瘦身／折斜斜的日影／偷偷戳人」，把換季與新日子比喻為「生字」，擬人化的意象極其生動。

次首〈如果不踢踏〉是即景詩，它巧用踢踏舞為比喻，首段開篇云：「有時窗外樹影撞我／風在領舞了／遞來樂句」，讓詩作產生相應的畫面與節奏感；次段描寫獨處的情境，彷彿是內心獨舞，是故「不需舞伴／不必掌聲夾道」；第三段延續無中生有的「踢踏」，「套上舞鞋／用每一聲踢踏，要彈／要彈去到很遠很遠／的歌」，無論是語感或內涵，都讓人感到心神遼闊；結段回歸現實，「才能再輕輕降落／踩穩自己／在現實的舞台」，轉折雖快，但顯得輕巧，不至於搖晃、摔跤。

詩集中收錄裕文數首郊遊、爬山的作品，像是本輯有〈山與秋天與腿力及其他——寒露後登里龍山〉，不僅親近自然，且能映照人生閱歷，「中年總話題顛簸／不忌將姑婆芋巨大耳葉招惹，或者風／竊走誰過山香綠或無患子黃／的片片思慮」，「偶然抬頭，從樹隙接住了歲月皺褶／是陽光一斧劈下／峭壁，丟給沿途許多羊齒」，入秋寒涼，山路顛簸，沿途植物及其色澤，山間光影，與上述所指涉的隱喻（Metaphor），不僅喚醒我過往爬山時的記憶畫面，亦產生中年心境上的共鳴。

〈代替月亮〉是裕文與竊竊詩語裡另一位出色的作者晚晚以詩互動的作品，其中寫道：「在青筋暴露的意象武林／是俠女指尖都佩戴月光」，讓想像馳騁於意象之武林；而「俠女」該句，來自於裕文在作文教學上示範「解構」的例句「女中：俠女中間名都佩帶月光」，頗具意趣。

輯名「一刀一刀慢慢剪」來自於詩作〈裁山〉，亦是我鍾意的作品，「揭開青春摺角／為了讓中年喘成告白／反正之後有的是／緩降的版面」，「裁山」如同拆解自我的人生，末幾句云：「誰讓山腳的海遼闊／誰的盛夏就在那裡／一刀一刀慢慢剪／待續的形狀」，舉目是海的遼闊與夏的盛放，則有一種「歸來仍是少年」的意態。

〈好問題——生日參加素養導向教學研習〉頗具臨場感，閱讀過程，像是參與了一場濃縮的教學研習，感覺到其間無奈的況味，以及苦思著什麼是「好問題」。從「一棵樹」到「一棵種在停車場邊根系封在水泥地底葉子浸在空汙裡的雨豆樹」四句間的層遞，真是「奮力求活／展現什麼素養」；我們生命課題的困境，是爭相填滿空白，「答案都太美／只差一個好問題」。

我個人偏愛的作品，還有〈山線，海線〉、〈夏至，夜爬柴山〉，請諸位自行翻閱。

輯二「細細刨絲給你」，其中包含了一些贈人寫物，或有特定指涉對象的詩。〈玻璃瓶子——四歲外甥女的塗鴉〉裡寫道：「今天會的／會像每一頁／並不存在的往日那樣／玻璃起來」，玻璃的轉品頗顯眼；該頁亦附上外甥女的塗鴉，詩與畫相輔相成，顯得溫馨且可愛。輯名則來源於〈細雨〉一詩：「你不會知道思念有多重／／因為那座海／我已細細刨絲／給你」，將海刨絲成細雨給予某人，就意象與內在情感上，都顯得豐沛動人。

〈家政課〉寫的是日常瑣事，其二「反面曬」頗傳神而準確：「曾經心的正面全裸／都已復原得那麼毛球／愛終究是各自守住了／主場優勢／還學著互為反面／／丟進未來繼續穿，反覆洗／也就不用怕」，反映出兩口子如何在家庭生活裡彼此反復搓揉。

我想「點名」讓讀者索驥的作品，還有〈跳舞房子——Tančící dům〉，〈愛河〉，它們的語言與節奏感，均是迷人的。

眺望或搖晃

《白噪音》每一輯輯首，裕文皆挑選一段作品的摘錄文字，作為引言，與該輯內容有所呼應、聯繫。輯三「在你的眺望裡描述莽原」，引用的詩句來自於前輩詩人蘇紹連〈詩最後是一把野火〉，而此輯所收錄的，多與詩歌創作的感觸有關。

〈樹屋〉是活潑生動的作品，如次段云：「鳥是跳動的詞語／愛和我們一起／啄食靈感／小屋裡住滿回聲／掉落地面的韻腳有點涼了／就揚起髮／在天空奔走／尋找發亮的詩句」，比喻與畫面均佳。

〈晚蟬〉，含有創作者的自我投射，這個主題是古典詩即有的，像是晚唐李商隱〈蟬〉一詩前兩聯云：「本以高難飽，徒勞恨費聲。五更疏欲斷，一樹碧無情。」而裕文的演繹，亦觸人心弦：

夢其實破土很久
迂迴往復
勉強爬到羽化的標題
慢慢掏自己
慢慢向爆滿的寂寥
高潮

「晚蟬」飽含著夢想，卻「迂迴往復」而不得。鳴叫，也是「慢慢向爆滿的寂寥／高潮」，透過表面矛盾的語詞，顯示其生不逢時。結尾寫道：

「舞台從寬／聽眾從缺」，晚蟬如我輩（或說我輩如晚蟬），空有「舞臺」，卻缺「聽眾」，知音難尋。

本輯我欣賞的詩作還有數首，從中摘些句子，讓大家品味。〈象群〉：「我的象群／也會是你的象群／有你的迷走和顛簸／需要咀嚼、對話和休眠」；〈別問幾隻〉：「繼續迷路於慣性／繼續迷宮任何觸碰與被觸碰／並且繼續迷信／終將被拯救以／詩的魔性」；〈兇猛靜物〉：「視窗打開潮汐／用命題追咬恆星／裙礁裡孳生的底棲的夢／帶刺，吻有劇毒／寄居以詰問」；〈夜創造臨時的神〉：「燈影傾注你，你傾注文字／劇痛的板塊挪移／是你草創藉以置身的流域」。

輯四「僅僅因為搖晃」，寫的大抵是世間百態所致的心弦搖晃。〈幸福快樂的日子〉解構「王子」、「公主」童話，而更符合人性，後者寫道：「從頭剪掉／傳頌已久的長髮／／總算剪掉了頭蝨／高塔和王子」，「從頭」開始，剪掉「長髮」，擺脫傳統的束縛。〈樹下的吉他手〉刻畫「凹子底森林公園，自彈自唱的表演者」，不僅嶄露詩人的觀察，也可視為自況之詞：「弦是飼草／弦是時光／餵給指腹／心就漸漸滿格了／日子那張長椅／總空出線譜／填走過坐過的人」，其中「飼草」、「滿格」、「線譜」之比喻，以及「餵」、「填」之動詞運用，皆頗醒目。

國中老師在教學場域所遇到的問題、思緒與解方（或沒有解方），不時會在裕文作品中出現，像是本輯的〈引導寫作：如果我有超能力〉，「（怎麼運用）／有沒有人寫教室的臉是桌面的刻痕／桌子的心情是窗戶開開關關／窗的眼神被電燈點亮／燈的流域一張張稿紙種下／稿子的輸出比掌聲大，比孤獨久」，比喻及擬人生動，就語言上來看，裕文已擁有「超能力」，令人感到目不暇給。

〈掌中〉濃縮布袋戲戲偶師的職涯，〈燈光師工作日誌〉記載燈光師的慘澹、勞苦的工作，〈調酒師切點〉書寫的是調酒師及其所見的客人。〈咖啡館，與不打烊的〉，應是描摹咖啡館中的創作者：「讓拉花擱淺，彷彿／某種懸宕是刻意／文字值得時間，與桌面／那善等待的岸／慢慢敲／／一座漸次揭曉的島嶼／在一杯咖啡／經久的潮汐」，創作者內心所渴望的，大概也是漸次勾勒出「島嶼」與「潮汐」吧！這幾首詩透過不同職業，鮮明場景，反映出人生的種種樣貌。除〈掌中〉之外，另三首均為組詩，則可看出裕文在書寫時的收放自如與游刃有餘。

本輯的詩作，還可發現電影、歌曲等藝術作品對於作者的觸發。像是〈調酒師切點〉，副標為「Noah Reid〈People Hold On〉」；〈他們在步道〉，是觀看電影《奧菲斯戀歌》；〈啤酒也可以〉，副標為*The Greatest Beer Run Ever*（美國戰爭喜劇片）；〈他途〉，副標為*EO*（波蘭電影，中譯片名《如果驢知道》）。〈憾味戰士〉，顯然來自於《捍衛戰士》（*Top*

Gun）譯名諧音，詩作亦具真實生活的趣味，詩中寫道：「要捍衛的動詞早已降落／機翼再掀起／只有難纏的飛蚊」，「人生就這樣／鎖定傳奇卻闖入魚尾紋／墜毀之前，又成功／把一天彈射」，讓人會心一笑。

〈在路上〉則是觀看電影《游牧人生》（*Nomadland*）後所作，我認為是本輯的傑作之一，引兩段於此，請讀者品味：

向荒漠取火
向孤島和又一座孤島取火
仙人掌的溫柔是擺明帶著刺
岩石的溫柔是滾動、碎裂
而沿著本質

沒有比遠離昨日
更好的信物
因為身是流體
因為流動是最合身的安頓

生態及現實

輯五「世界依然應允」，是關於生態、動物保育的作品。如〈赤尾青竹絲〉，是裕文「和環境團伙伴夜探柴山遇蛇」，寫及蛇類的存續：「這世界依然應允／一窩窩胎生的爬行／故事，繼續接龍」；〈穿山甲習題〉則反映此物種的生存哀歌，第三段寫道：「試證明球體／要用每一次睡眠／每一次迫近的危險／去磨圓」，結段則云：「試證明在幽深溼暖的／人類肚腹／入土為安的你／無數」，令人動容及反思。

〈黑熊的最後四個夢〉，書寫瀕臨滅絕的黑熊，亦令人動容。人類的活動，對於黑熊造成難以挽回的傷害，譬如獸鋏讓黑熊失去手掌的案例：「群樹環繞成黑布覆身／卻包紮不了獸鋏鉗住的／怒紅傷口／扒開蜂窩的記憶／正式跟右掌告別」；與一般人生活息息相關，而我們有意無意間忽略的，像是家畜、家禽的飼養問題，裕文以〈籠飼〉一詩，突顯蛋雞被「格子籠」飼養的窄狹生存環境。

〈致消狒者〉則來源於二〇二三年新聞曾報導的遊樂園狒狒出逃、後被圍捕而殞命的事件，狒狒追求自由的身影，彷彿具有某種光彩，觸動我們。詩作結段云：「此生誰不在迫降的棲所流離／鎮靜劑早已發揮藥效／當餵食教會我們把莽原忽略不看」，詩人反芻著生命的囚籠如何馴化我們。

除描寫動物外，涉及生態保育者，像〈柴山海岸〉，描寫此處海岸脆弱的地質；〈岸不能拒絕〉，反映蘭嶼過度觀光化所造成的境況；〈巡山〉，則關乎山林景觀及其保護問題；〈問路——溼地種電〉是溼地種電的生態破壞；〈不存在的公聽會〉敘明土地開發對於叢林、淺山環境的傷害。這些詩作，均可發人省思，除議題上的可貴之處外，裕文在創作時，仍然注重語言與意象的錘鍊，保留讀者咀嚼、想像的空間。

輯六為「反覆拆封更多的耳朵」，則是詩人觀照國際、社會現實議題的八首作品。〈雨那麼美〉為伊朗女子Yasaman Aryani而作，「於二〇一九年國際婦女節當日摘下頭巾，在火車上分發白花，爭取女性選擇穿著的權利。後遭判刑監禁。」詩中以溫柔的語調，明朗的意象，鼓勵每一位敢於爭取權益的運動者：

妳是花
被強行移植容器裡
花應是容器
要到戶外
盛裝
赤裸的日光

和雨。

「那麼美」
那麼值得髮
黑而亮地解開
去接
去滴在柔軟的大地

〈經過的，家〉，關乎「南鐵東移」的居住正義；〈拿走，就是了〉及〈自由落體〉，均為香港「反送中運動」的人權議題而作；〈他炸了一座橋〉和〈「媽，我很好」〉，遙想俄烏戰火下造成的苦難。像是〈他炸了一座橋〉，描寫烏克蘭士兵引爆地雷，捨身延緩俄羅斯軍隊進攻的事件，無論是故事本身，或是裕文的演繹，都讓人傷感哀憫：「連同橋一起搭建的／是鋪墊以血肉以魂魄的／返家之路／／連同路一起搭建的／是重墾麥田的人／胸口一再拭亮的名字」。

天籟美聲

裕文的詩，除了頻率一致，讓人心情寧和的白噪音之外，實則匯聚多種迷人的聲響：時而是節奏明快生動的踢踏舞，時而是蟲鳴鳥叫，間雜登山人愉悅的閒談；偶含青春的朗聲，更多是中年的磁性嗓音流淌；還有輕快的呼喊，溫柔的細語，或是傷感的腔調，等等。無論是哪種聲音，都值得洗耳諦聽。

總的來看，裕文身為高雄人，與他筆下南臺灣的地誌書寫相呼應；國文系的學識背景，展現於表面修辭及內在涵養上；國文教師的身分，讓他有一些創作教學上的實驗，與職場上的磨練；對於現代文學、藝術廣泛的吸收與轉化，從輯首引言，副標題或註記，以及詩作的字裡行間，均有所顯現；而他親和、善良且易感的性情，自然也與他的作品相貫連。

《白噪音》近半曾在竊竊詩語上發表、分享，這也令我歡欣雀躍，彷彿見證詩人如何從磚瓦起，選用材料、規畫格局，直到建立起毛胚屋的過程。因此，特別期待它出版時呈現的「建築全貌」，會讓人如何的欣賞、驚豔，與歎服。

目次

輯二、細細刨絲給你

輯三、在你的眺望裡描述莽原

輯四、僅僅因為搖晃

輯五、世界依然應允

輯六、反覆拆封更多的耳朵

輯一、一刀一刀慢慢剪

我們應該把眼睛帶走
來這裡，自己頒布一朵雲
對自己禮貌，對愛尊敬

——嚴忠政〈索居〉

生字

窗口用格子練習很久
還是不習慣忽然就
秋了
措手不及的咬字
舌尖與脣齒
驚覺彼此的新穎

盆栽開始瘦身
折斜斜的日影
偷偷戳人
一種過渡的癢
以為找到出口
漸次成形

接下來的筆畫
日子沉吟
持不同看法
意義擁一片天空
自重，丟等待去
有邊讀邊

寫壞了再說
反正挾帶出境的夢
不是甜過了頭
就是造過句
便氧化成灰

如果不踢踏

有時窗外樹影撞我
風在領舞了
遞來樂句
一或兩個八拍，要我
要我閉上眼
跟上

沒有聚光燈驟亮
時間依然動作笨拙
夢已習慣轉身
站進理解的荒原
不需舞伴
不必掌聲夾道

心一伸向旋律
就不願縮回
套上舞鞋
用每一聲踢踏，要彈
要彈去到很遠很遠
的歌

才能再輕輕降落
踩穩自己
在現實的舞台

心一伸向旋律
就不願縮回
套上舞鞋
用一聲踢踏，要彈
要彈去到很遠很遠
的歌

才能再輕輕降落
踩穩自己
在現實的舞台

節錄　黃裕文
如果不踢踏

賴柏年　手寫

IG：lai.po.nien

研究

又一天從既定格式倖存
六片葉子離開了
壓在文獻底下的蝶
來不及抽出夢裡的飛行

第五個紅燈亮起才告別
未竟的章節
長長的慢車道塞著
胎紋不足的動機

沿途今天參考昨天
明天引據今天
行動漸漸學會閉上了眼
遵行堆砌的典範

經過下個轉角就等於夜了
只是雲還白得有些不甘
心情沒彈蓬鬆
黑就要硬躺下來

終於被一扇冷門的窗總結
稀疏坐回一棵瘦樹
一下子從嚴謹的架構長歪
斜向沒人討論的月

夏半場

走過大暑
進入後半場
信心喊話
像蟬聲一頭熱，拒絕看清
預備轉涼的劇透

繼續
必需的蹲點
向遠方答數
繼續一次性的火種
反覆成為火。這夏
辛苦了
每一個謝幕的，以及
還在台上的
自己

已解開一半的鎖
已祕密執行的必要出口

熱浪後面
管他高潮反高潮
注意了
被副歌吵醒的朋友
請接住我

篆刻人生

1. 陽刻

練習割捨
多餘的不足的好的壞的有的沒有的
畢竟，最後是
減剩的作主

2. 陰刻

意義
果真不假外求
你不過忍痛
掘開自己

山與秋天與腿力及其他——寒露後登里龍山

啟程時大佛垂眉，並未點破
蜻蜓低飛
恰是登山口一株輪傘草的夢
被徒步的秋撞見

中年總話題顛簸
不忌將姑婆芋巨大耳葉招惹，或者風
竊走誰過山香綠或無患子黃
的片片思慮
暮蟬解不解讀
都自然的事

偶然抬頭，從樹隙接住了歲月皺褶
是陽光一斧劈下
峭壁，丟給沿途許多羊齒

下切，陡升前先貼往溪谷
汗流淌在修築工黝亮的背
水泥抹在石砌的引水道邊坡
大頭茶不語，早先落了花
在步道上
更在步道外

海太遼敻而在背後變輕
像深遠議題乏人逼視
呼吸一短，腳步即隨地生根
山卻還負重在走
偕同各種緣，崎嶇安靜

拾起兩把，才理解獼猴棄置堅果
是季節留一手，讓人慢慢追
將跨入的時序
霜降未降時，痠痛先發處，人生在此
切片，疊進層層登山足跡

成為之一

當巨岩如錐，扎醒登頂者的眼界
山徑執意繼續鬆綁我
體內的眾獸
撲咬膝關節，撕扯腓腸肌
大啖文明馴養數十載的百種症候

山原來善於吞吐戰利品
來回細嚼完，發還停放山腳的世界
浪裂線一笑一笑
非關人手腳並用把一座山揉進生命肌理

代替月亮

當時間開始表演特技／我反穿現實*

妳說「祕密結集的午後」
有要抵抗的名詞
並且，只示範一次

我快滑思緒成好幾道殘影
說是追
更像隱身鍵盤後竟有幸閃避
太華麗暗器

有幸，於劫後檢視
身上笑開懷的孔洞
除了優養化日常，還流得出
一些浮島，和遠方

傘提或不提，都無礙於花樹
出場就反穿現實
在盛世的疆域
在青筋暴露的意象武林
是俠女指尖都佩戴月光

如果，此程終於寄達的
是詩
緘封詞自帶一種表面張力
只給理解的目光拆

時間再特技的火圈也跳
只要代替月亮
搖滾妳
句中燃一支雪茄
就讓霾夜裸奔

---

* 晚晚〈木曜日〉。

裁山

山還是動用手腳的寫法
一寫卻都是新的會意。
揭開青春摺角
為了讓中年喘成告白
反正之後有的是
緩降的版面

木棧道耐著日子
以為繞過魔芋出槍的密謀
就繞過夢
休眠時的正常磨損
城市不無艱難地矮成縮寫
當呼吸變大寫擠到排頭

蟬聲沒有例外
在高位珊瑚礁翻新
愛的修辭學
誰讓山腳的海遼闊
誰的盛夏就在那裡
一刀一刀慢慢剪
待續的形狀

失物

在微眼神
在消歧義的牆
你找到切口
可以抽出自己了

抽出了好些個你
在慢筆觸
在一點一點飛起來
可以找回再遠一些了

一棵樹那樣
穿過時間
不問
山溫柔得還能不錯過什麼

必然的流淌
流淌
必然的摺痕
被變得微燙的夜
熨過

你安靜得把失物拿反
而伸出了
蒴果的向量

反向

拔掉塞子。
慢慢流掉加速的那些
慢慢成形
一點一點騰空的自己

好問題——生日參加素養導向教學研習

講師交代要問好問題
牽車時我想
一棵樹
一棵種在停車場邊的樹
一棵種在停車場邊根系封在水泥地底的樹
一棵種在停車場邊根系封在水泥地底葉子浸在空汙裡的雨豆樹
奮力求活
展現什麼素養

這情境不透氣
像週六整日的研習
所幸我有簽退可抽身
不像我城
又有新的空地等待被建物填上
又有新的建物等待被人填上

又有新的人等待被問題填上

喔講師抱歉
白日夢不慎把回饋單挾帶離場
可不可以
將我日常的情境
就用俯拾的光寫給你
（在海濱和山坡種的）
就用隨身的霧霾寄給你
（在胸腔和穹蒼穿越的）

經過等著被好問題問出的路
返回等著被好問題問出的家
守護等著被好問題問出的人
是不是問出好問題
我們就總算
總算被正解給圓滿了

如果在週六，一個涼夜
外食族分享吃什麼
會得到最多讚
如果在中年，一張餐桌
壽星許下哪種願望
會最快被分享
素養滑著手機
當雞兔不再同籠
AI傾巢出動
觸及的情境是否坐大
為真

人生開著地球
貼文仍在潑出
我們爭相填滿的失控空白
答案都太美
只差一個好問題

講師交代要問好問題
牽車時我想
一棵樹
一棵種在停車場邊的樹
一棵種在停車場邊根系封在水泥地底的樹
一棵種在停車場邊根系封在水泥地底葉子浸在空汙裡
的雨豆樹
奮力求活
展現什麼素養

律義和　手寫

臉書帳號 @LyuSiHe，IG：lyusihe

十字韌帶傷作為一種藥

傷後重建的災區他懺情的場址
立著失愛者的
十字

覺悟是懊悔的發酵物
拉開的酸度剛剛好
硝煙般近盛世般遠的
恰恰就是錯過就過了的前情

老化是照劇本走
不照劇本的自我感覺還一副
意外的萌樣

中場休息設好框格了
它說請進

靜物畫。如果還想重返
動作片
再上映
有傷停補時嗎

訪好友大武山下潮州新厝

山今天讓想像唯讀
就像山昨天讓腳印存取

花瓶裡，野薑花的遠足
剛通過酒香稜線

光坐進來成為擺飾了
話語還飛得比小灰蝶易孕

那些對齊都留給工作
生活只許是歪斜的筆觸

關於花園沉吟的如何歲月
桂花黃和緬梔白，誰先

夢裡有巢，巢就複製貼上
茶盅外有潮，潮會減速慢行

大叔

涉過大暑。滿身淋漓的
睿智
已足以輸出成大書

假的。那是夢
土依舊頑固，保留席
給持續誤點的大樹

來自現實。大數之美
盡在失控的肉身、無法清零的
缺憾。還在奮戰就是

微勝利。往後餘生
沒有漢堡也有大薯
沒有大輸

山線，海線

秒針有它要奔赴的南下
北上，但日子有你
想留的瀏海
風起時
左晃傍海，右晃依山

多好。近視和老花
已達成協議
蹭過的點都用一首詩
大圖輸出
看詩時，人在畫裡

趕不上的站，借過
陽台只停靠季節的班車
雨點來敲落地窗

都貼成放晴的回郵
平裝本對折的是夢
插口袋邊走邊翻
翻出改繞遠路的島居歲月
有時山線，有時海線

世界有它要達標的自轉
公轉，但生活有你
想走的區間
慢慢晃就剛剛好
起風了

夏至，夜爬柴山

夜不是一個容器
山卻放在夜裡靜靜地亮起
山不是一種時計
你卻走在山裡一步步地拉長

你不是一棵闊葉樹
卻在熱帶季風林的夏至夜
比白天更甦醒的長橢圓形單葉互生
比山下城更親吻地面的交換步

你是舉步所以凝佇
你是林隙有風所以毛孔
你是珊瑚礁岩所以往返潮汐
你慢慢接回原來的樣子所以多了一些

多的不是一條木棧道
卻將誰輕輕發酵的山蜿蜒
蜿蜒的不是一隻尺蛾
卻將誰越暗越醇的夜一比一丈量

然後折返

山徑上是蠕動的
一種攝取。你需要

地衣微言，倒木大義
一路沒什麼人撿的
慢慢實成肌理

更接近時間嚼掉果肉
吐還的果核

種每一步
茸茸對齊水聲
在雨雲和逕流，吮吸和蒸散
之間

這樣來到一首歌
的暫時性脫臼
樹隙看去，無不教唆
此外的接法

光斑下載，蟬鳴上傳
葉片上的食痕轉彎
向第五象限

無菜單

於是你是刃，那樣被夜深磨利
僅僅靜止就切開
時間的海

這次走近
是一艘沉船
慢慢看清斷折的航線
看清必然在浪裂線，偶然在浪尖
雜訊翻面是鯨唱
吸附或稀釋都其實位移

你知道入鞘之後總洗牌重抽
鞘是白晝做的
你是夢做的且以一匹匹浪
折返的沙痕為誌

輯二、細細刨絲給你

夢境之中，地底的鯨魚游過泥土，有如悠游於水中，所經之處，大地輕輕震動，樹葉隨之搖擺。牠們從草地破土而出，在濺灑於四處的根莖與碎石之間翻個身，隨即退回地洞，大地一寸寸地自行閉合，掩蓋了牠們，重趨完整。

——安東尼・杜爾《拾貝人・守望者》，
施清真／譯

跳舞房子——Tančící dům

你習慣陰天就把心上鎖
先防潮
再找那把鑰匙

我就算淋雨也跳舞
就算跳舞也追求
雙人舞中
獨舞的自由

你記得鎖匠冒雨前來
我記得動態的甜度前進後退

往下走只需一個轉角
流光配樂
我們住在旋身相倚的瞬間
並且穿越了人間

溼水彩

只適合午後
下過雨
樹蔭
停滿車
只適合騎小折
再回到
這條街
小心折好的
舊日景點
不走
不唱
那時的歌
只適合輪子亂畫
新路線
暈染出什麼

都用來填補
只適合你在的
這條街

玻璃瓶子——四歲外甥女的塗鴉

妳知道，可以裁一張之前
沒撕好的天氣了
畫壞的筆跡後退成
靜物的影。今天會的
會像每一頁
並不存在的往日那樣
玻璃起來

從空位開始，開始擦拭
直到自己變得透明
將終點解說牌放進瓶子
將日照、不同音色的心形雲
當季水果放進瓶子

長髮標示風的含糖
一匙微笑去冰，兩首爵士特調
就可以封蓋了
但上鎖後要把鑰匙插著
像吸管
像紀念日的暗號

在物證圍繞的大氣循環裡
妳相信。隨身的那座遺址
會從今天變得玻璃
而春天此時還薄薄一層
不足以形成造謠的雨
渲染他的缺席

失愛物種

1.
A面

有時失手非關平衡感

心已磨出九命
翻身，日子照樣優雅
　　　　落地

2.
B面

進入斷捨程序
丟得越遠越忍不住掉頭去撿

啟動陽光模式
雨卻只顧追咬自己的尾巴

3. Bonus

之後，永遠有之後

像重練長在砍掉之後
怪物長在寵物之後
結束也無能為力

海只遞來

此後，你謝絕起皺
那是兩款拼圖混在一塊
試圖拼一幅完整。

海只遞來透明的語句

說著浪
不曾被昨日的碎裂熨平
說著岸等成手抄稿
也沒將潮汐闔上

細雨

1.

你不會知道思念有多重
因為那座海
我已細細刨絲
給你

2.

我是只向你坦露的
指腹
你是不是只對我細述的
點字書？

黃裕文〈細雨〉

1.

你不會知道思念有多重

因為那座海

我已細細刨絲

給你

2.

我是只向你坦露的

指腹

你是不是只對我細述的

點字書？

Gordon　手寫

粉專「字練狂」

被暗殺的人

第1幕

妳笑自己
是太容易被暗殺的人
永遠的
上下班路線
古早味紅茶
白酒蛤蜊麵
療癒系花卉
還有還有
蔣勳

回頭看
原來我也難逃暗殺
好深的軌跡

都沿著同一個人
鑿

第2幕

被暗殺後
投胎成樹好了
在一個地方一輩子
愛一個地方一輩子

妳笑說難怪了
最近常夢見自己
桑科榕屬
將拒絕撤離的人狠狠
纏勒

第3幕

暗殺妳的人好強
那麼不小心亮出
預藏的情詩

暗殺我的人就誤會大了
有些果香天生的
自己聞會害羞

第4幕

放暗殺的人走吧
妳說，沒事
遺忘會前往尋仇
所有的淚都努力
不成為跡證

而笑是實名制的
瘋搶的日子大排長龍

直到妳被更新的抗體復活
仍舊沒招
我就是演練過熟的犯罪現場
只差一名兇手

傷痕遊戲

1. 跳繩

淡淡畫一道線陽光就此一躍而去

2. 一二三，木頭人

忽然全世界的雨，停了
停在將我持續過境的時態

3. 老鷹捉小雞

時間是太精明的猛禽
不費神抓攫療傷者，因為心
還會學著受傷

愛河

1. 源

最初的一滴雨回頭時已經琥珀

2. 支流

不能停止流淌，不能停止我
不是你的起點而你超乎我的抵達

3. 出海口

總有一天，所有往來頻繁的都已
無關於己。除了潮起潮落
暗暗成形的鹽

往下走

即使最後是鹽
虛擲了海
也要往下走

讓建築和街道毀棄而重起
鐘塔的投影如時針
走在不驟下結論的地圖

不排除未命名的星進駐
歧義插隊也好
有些轉折就需要助跑

四月，要給不給的氣味接近
下一次退件
標示更迫切的量能

關於愛
進入反差的副歌
不成文的症狀先後過境

即使若無其事
也不忘沿路吵醒
最初的糖

家政課

一、回針縫

路和綻線是前進的
腳步因此是反覆
反覆衝決，反覆必要的退卻
彷彿日常是弦樂而我們是琴弓

愛人無非彼此
慢工細磨的代表作
逐次到位的筆觸接力
一程一程的風景

一份清單
增列了幾條，槓掉了幾項

那樣地
越寫越長

二、反面曬

那些勉強合身的日子
難免就黃了
領口袖口。你說欸
咱們老倆口……

陽光定期校對
肉身蛻皮
存在又被出成一行考古題

最好的答覆在兌了水
袖子捲著褲管
還馴養各自的草原

在一起
時間淪為臥底，緊張兮兮
打探永遠是不是
鮮豔那一派

曾經心的正面全裸
都已復原得那麼毛球
愛終究是各自守住了
主場優勢
還學著互為反面

丟進未來繼續穿，反覆洗
也就不用怕

曾經心的正面全裸
都已復原得那麼毛球
愛終究是各自守住了
主場優勢
還學著互為反面

丟進未來繼續穿，反覆洗
也就不用怕

—節自黃裕文〈家政課〉

小花　手寫

粉專「小花愛寫字」，IG：sf_handwriting

輯三、在你的眺望裡描述莽原

但是下雨了詩人先把雨
燒成一滴滴夜間的火焰

詩人再變成一支著火的傘
雨中漂流變成灰燼

——蘇紹連〈詩最後是一把野火〉

樹屋

無所謂隱不隱藏
只是就習慣歸類為木部了
嚮往離地
垂釣雲
放牧黃的綠的葉子
晾四肢一整天
讓心靜靜地
醞釀新枝

鳥是跳動的詞語
愛和我們一起
啄食靈感
小屋裡住滿回聲
掉落地面的韻腳有點涼了
就揚起髮

在天空奔走
尋找發亮的詩句

誰知道設好的梯子
會遞來一朵牽牛
鞋聲
簡短的日光
我們勤於修繕的棲所
置身人間，但保持
騰空
終於倒過來
把地球結成果實

愛和我們一起
啄食靈感
小屋裡住滿回聲
掉落地面的韻腳有點涼了
就揚起髮
在天空奔走
尋找發亮的詩句

——節自黃裕文〈樹屋〉

默默　手寫

粉專「默默。衛生紙上的手寫字」，IG：momoca_handwriting

晚蟬

把腹語一字字削好
已是眾調喧騰的午後
日光核可的版面
停滿早起的歌

夢其實破土很久
迂迴往復
勉強爬到羽化的標題

慢慢掏自己
慢慢向爆滿的寂寥
高潮

更多葉子離席
或者先將秋天揉掉

掩飾剛落幕的主演
舞台從寬
聽眾從缺

夢其實破土很久
迂迴往復
勉強爬到羽化的標題

慢慢掏自己
慢慢向爆滿的寂寥
高潮

節自 黃裕文〈晚蟬〉

伯納　手寫

粉專「伯納的字紙簍」，IG：bernardwrites

別問幾隻

繼續起徒勞的霧
躲那頭虛胖的年
不小心清醒的鏡面
繼續撒任性的花
害理性失焦

還沒剝掉的愛作夢的指
才敢繼續敲
懷在字句裡，遲遲測不到
心跳的礦

繼續迷路於慣性
繼續迷宮任何觸碰與被觸碰
並且繼續迷信

終將被拯救以
詩的魔性

剝掉的那些無名指的夢
才會在窗台的一片羽絨
停車場外的草叢
忽然胎動的紅燈停
從生活旋緊的瓶蓋內再生
一大片

閣樓徹夜飛行*

被寂寞加冕的閣樓
正式飛往荒涼的領地
去登基

沒有旗手打信號
降落更要微笑
清晰地，糊掉背後
忙於追咬尾巴的世界

時間很軟
慢慢跟。值夢的角鴞在簷角
是最後一張預言在桌角
樂意被掀開

（夜不買斷黑，只會將黑轉手。）

此後，將越磨越深
光的刮痕。
當他們終於抬頭

＊《說書人：白日夢（Dixit: Daydream）》紙牌。

異體質

不去承認
摺錯重摺的歲月裡
醒目的敗筆，彷彿痂是唯一
兌現的樂趣

沿著抗體你緩緩結出
艱難的部首
才發現一路是迷走
豁免了主流

不去說破
誰竊竊邀舞
有多少裂隙就有多少縫補
即使伏筆又把高潮弄丟

趕路的日常再如何踢飛
雪落無聲的字，過敏原永遠
靈驗於醫囑
你是你集滿的症候

兇猛靜物

再無須回答
撤退可以是逆流
走就走成最稱手的暗器

日子側看也有對外窗
怠速不透明筆觸
你識破蹲點之後是出鞘
甚或拖曳殘影的跨欄

於是再繼續
一座島的透視
蒼白的字通通倒出來
研成粉末。去黏附人間的
可見不可見光
頑強汙垢

視窗打開潮汐
用命題追咬恆星
裙礁裡孳生的底棲的夢
帶刺，吻有劇毒
寄居以詰問

臥姿的貓

會是關於如何策動
一場奇襲
對象是採集箱裡
將被發表以瀕絕新種的鼠
發表者昨夜貓
箱子眼前
鼠明天

貴妃臥的貓
有貴妃臥時的
某凹陷
像月球暗面
經久，懸宕
粗顆粒彼此吞噬又
分裂

貓飛身其間
漸漸咬痕

迷離是眼神的射程
但厭世不是
臥姿瞄準的去向
貓在下降的年代
人眼未見的背
自黏一片奶油吐司*

---

* 奶油貓悖論（Buttered cat paradox）。

夜創造臨時的神*

沒有水那麼迫切流淌
除非裂隙
神沒有比誰更接近骰子的想法
奇蹟還仰賴失手做球

光閉上眼後忽然大喊
賓果。當輪廓頓失記憶
僅有的星的餘燼重返
未命名觸感

除非擠壓
沒有器皿那麼新，同時更舊
進位法——

燈影傾注你，你傾注文字
劇痛的板塊挪移
是你草創藉以置身的流域

＊詩題為北島〈肥皂〉詩句。

閏二月

轉眼，誰的六分儀又在定位
座標延遲的命題
在詩被生成的海上
氣旋是否已壓換日線

罹患失雨症的南方
貿易風追述的三桅帆船
一艘夢曾被那樣摺好，送進
大水薙鳥的翼展

曾堅信乾涸所遙指
是彼此鼻息靠近，抱擁為雨
春天加演春天的劇目
誤點的花趕上花的首發

然而繁史拉開篇幅
只拉開兩座板塊各自漂移

徒勞。置閏是必要的
重新校準船艄和季候
校準意象和渴
當沿線注定以月象圓缺
你以益發精細的曆法

於是三月，或者抵達
要播下語字成日後的伏流

極限

遠行的字願意
為一個佇立的眼神
返回手的拆封。就算歸零要開箱
未知的瓶頸

當情節走向毛玻璃
呵一口記住的暖
更靠近哪一場
陌生的雪

等待太空曠的湖面，隨意摘句的
整片星，你怎麼讀都是永夜
篝火對面
忽明忽暗的那張臉

怕痛的體質
後來更仰賴痛了
畢竟琥珀，至少承諾曾經
永恆。畢竟故事

跋涉到冰河入境
再往前，已客氣得像一封
退稿信

象群

如何投以手影
在你的眺望裡描述莽原
如果遠方依然成立
那是意志跋涉著象群

我的象群
也會是你的象群
有你的迷走和顛簸
需要咀嚼、對話和休眠

如何有限的腳程輸出
而必要的雨雲不必然
配合演出
如果未知的慶典依然發生

那是藉由夠多的龜裂、塵暴和傷亡
再校準

曾有光影
試圖指認雄辯的地平線
有盡頭的破綻
每一步我是如此負重
踩在自己遙遠的回音

白噪音

舞的盡頭，腳還蔓延
自己的草原

所有小小的草尖都像快觸及
一棵不存在的樹

輯四、僅僅因為搖晃

萬物都有裂縫，那是光照進來的契機。

——李歐納・柯恩（Leonard Cohen）

每個白夜黑日你登上隱形星艦——詩人節前夕

不是每一個輝煌宇宙
都有對應的光劍
披風甚至來不及在場
彈幕的肩

配備天命
有如一種遠端駕駛
你毫不猶豫
躍入浩瀚的迷航

迫降的星塵完美暈眩
於它自命的驅力
背光處，才容得下你
和母星的光

平均值

翅膀在擠進門時藏好了
爪在必經的路上藏好了
深夜裡那一截尖叫裸奔的尾巴
在鬧鈴又響起後藏好了

一起很新很輕的揭露

昨晚回家
你用再熟悉不過的眼神說
你是新的
比起被掩埋的那些
更新更深

我不懂你是怎麼來的
明明已經從掩埋的那些學會了
實質的抵抗
和不抵抗

今早出門
你沒問就把我帶走
彷彿我比昨天剛掩埋的那個

更輕更脆
不必再學就具備各種碎裂

你不懂我是怎麼辦到的
關於日復一日，關於出門回家
你看不見他們掩埋了我
你看不見我就是他們

改錯

他終於抱了心底
那躲起來的孩子
他終於讀懂自己
一直被世界寫錯

幸福快樂的日子

1.王子

集滿劫難，終於又
兌得一吻
變回夏日裡
最無憂的水聲

2.公主

從頭剪掉
傳頌已久的長髮
總算剪掉了頭蝨
高塔和王子

水手，水手

1.

被浪馴服的人只需要更多的浪鎮痛

2.

能追述的海僅僅是起點
不被抵達的星才撐起航向

3.

遠洋的醉陸岸從來解不了
遁入酒才勉強回穩
泊港的每一艘黑天白夜

樹下的吉他手*

多少夢
熬到中年
還彈得動
還能配上詞
唱給中廣的孤寂聽
髮在叛逃
用禮帽收服
格子衫，牛仔褲
琴彈起來不也是畜牧
弦是飼草
弦是時光
餵給指腹
心就漸漸滿格了
日子那張長椅
總空出線譜

填走過坐過的人
樹下的吉他手站著彈
人生唱一半
落葉紅著

---

*凹子底森林公園，自彈自唱的表演者。

花見小路

花，將以撕去截角的神色補遺
見過她，脂粉未施
小酒窩像瘀傷。當春天深成一盞
路燈黯黯索讀

秋節前夕，被塑膠袋簇擁的婦人*

中秋
不過是妳微涼的端午
沒那麼刺骨的除夕
一樣不離公園椅，或騎樓觸感
（候車亭也許過去式了）
所以用坐姿，在平行的人潮裡繼續
划度日的槳
從節慶動線垂直切出
瓣瓣剝離的月

白色塑膠提袋像圍爐
清一色欲言又止
來處，以及收藏迄今的
零星拼圖

語氣接近磚形，一只只砌起
顯然比家合身的現址

妳將存在折成兩股
貼齊城市角落
不奢望世人求出
以理解補上的斜邊有多長
不在乎面積是否恰等於
我們從容閃避的禮儀

明晚，烤肉香會強勢鎮壓
違停鬧區的
酸敗措辭
被節日感動的路人恍惚
帶著酒精噴瓶的職業病繞過
騎樓盡頭，由一袋袋僅有構築的

塗鴉。那線條
不向上索討
寧可一一集成主題

＊中秋前夕高雄某知名夜市旁，見一婦人安坐商店街騎樓盡頭，十來只裝有雜物的白色塑膠袋將她簇擁。

冰屋

叫不醒冷
就砌成保護色
讓冰隔絕冰
雪覆後都是白

夠薄，夠薄了
才學會延展
牢牢貼地
溪流有海的下文
寸草是巨木的詞根

做個雪天使
送彼此
翻身的人要懂得
摸黑找路

誰知道下一刻
流離或永夜

是一個手勢
光微弱在遙遠
等著刺穿
成熟的負傷
當小而保暖的寄居
砌成了局外

引導寫作：如果我有超能力

（如果我有超能力）
發下。他又看見自己在殼裡面了
學生眼底播映起種種想像
透光像，不透光也像
他的殼

（我想要哪一種）
雖然目前合身，他知道
殼被撐出破口時
就能鑽出去

（為什麼）
反過來看擦痕，看裂縫和凹陷
它們也端詳著他彷彿
他是它們負傷的用意

他是下文還沒跟上的破題

（怎麼運用）
有沒有人寫教室的臉是桌面的刻痕
桌子的心情是窗戶開開關關
窗的眼神被電燈點亮
燈的流域一張張稿紙種下
稿子的輸出比掌聲大，比孤獨久
有沒有人寫人是活字的迷因
寫我是石頭，我們是布
他是，剪刀嗎

（想改變或創造什麼）
有些起跑得到了動力
有些音色運氣不好
不被祝福的路自帶轉折
時間太短，立意太長

擱淺的鯨也許並沒有離題更遠
抵達的星也許還沒從自己出發

（可能造成什麼影響）
寫下的夢不降解，寫夢的人不變質
哪一種更超現實
他看見食指向前伸出彷彿
有一隻久候的指正伸來相觸

（事實上）
他從破口鑽出來，忽然空了的殼
霧霧一層，更像被濾掉的雜質

（我沒有超能力）
他學會走在格線內要不滅頂
把沉船、風暴和暗礁，更把新大陸
指給學著走在格線內的筆
有沒有人寫

筆下養一匹獨角獸
（但是我能）
刺激日子蠕動向下一個命題的
近如疲憊，遠如餘燼或回音
它們仍緊扣他嗎彷彿
他是它們辯證的主題
他是鮮度拒絕崩塌的軟體

（就是我的超能力）
那天。學生鑽出了殼
有沒有人寫
空了的他曾是身上的
披風

掌中

江湖最集體奇幻的幾頁書
你運掌風翻出了
滿眼聲光，那麼自在於
爆破。再爆破
一干似假還真的日子都樂得瞬間煙霧
然後輕功

但其實特效都小技
多聲道天生是一把金鑰
任憑需要啟動
各路人鬼佛魔的或暗或明
歷劫與復活

走上實景
戲是更趨吃重的手勢

繁複指向未被指掌演義的世界
在那裡
文人還沒用筆參透的棄守與抉擇
從來大於單人的武林

猛然，來一個甩偶
為了接續前情
修成一尊活動關節演化史
再眨眼
玻璃眼珠映現的命數
有種更凶更炫的獨門絕招
觀眾記得
你一向徒手接

燈光師工作日誌

1.木曜日

有時發現打的燈不是我
沒黑眼圈的燈在燈架上
開關在我手上
就像我的開關不在我手上
那樣自然

2.金曜日

光的鍊金術：
倒入我，接著燈，接著每一幕
n次

生成日夜
生成黑白色彩
生成動作劇情冒險歌舞驚悚愛情喜劇戰爭科幻家庭……

光最任意延展，正如光的鍊金士
最向膠捲盤成的黑洞彎曲

3.土曜日

上工：難產，卻無限
　自體繁殖

片場：慢性吃貨，嗑工時成癮
（外景是陰晴不定的孿生）

劇組：片場昏睡後靜脈才鬆弛才放行的
　團狀物。往家或他們自己
　回流

4. 日曜日

要有光就給出光
如恆星燃燒自身的如行星繞著他者轉

發光體要學會面對的黯淡並非
遲早被耗盡。在於光要始終
用不完

5. 月曜日

面向光　陰影就在背後
面向高潮　生活就在背後
面向觀眾　初心就在背後
面向鏡頭　卸妝就在背後
面對日子　夢就在背後
面對班表　草原就在背後
面對合約　光就在背後

6. 火曜日

成為可燃物
被每一顆長鏡頭短鏡頭飢渴摩擦
成為火
種在不完全燃燒的時態
成為光。在殺青之前
成為熬得比影子更深的背景
成為黑。打光的手
終於畏光

7. 水曜日

光向前推動而光源沉入
劇本，以連戲或不連戲的
過熱

流明是例行性外分泌
保持演員穿上情節、道具和目光時
足夠的潤滑。穿透
被所有發亮的
悲與喜。就算鬧劇
再荒謬也比我難笑
再災難也比我好哭

8. 木曜日

有時發現打燈的不是我。燈
或需要燈的九十九雙摸不到我的眼
打開我。沒有關

調酒師切點

Bartender
One more for the road
And after this one I promise I'll go
——Noah Reid〈People Hold On〉

1.

他從星圖敲下碎冰
冰鎮每一杯寂寞的
潮線。誰的海因為時差
從胡桃木吧檯一腳
跨到煙霧舷窗

2.

除了夜的杯壁還默記掌溫
或半醉的疤。踏上感情線
就不免暈船的弦月
他說，不過一杯慫恿的特調

3.

勞力又灌得太猛，港蹲向天明
催吐更新更腥的髮線與鹽
僅僅因為搖晃
可以再賭上一筆遠方

4.

重度割傷洋流的那些航線
若不是有夢壓艙

夾帶暗礁的指紋不會
追求完美風暴。即使蹉跎
往往是安全通過的船隻

5.

水手行駛各自的酒
搭肩時，露出動脈刺青
經緯線、船舵、海鷗
與其重返那難以抵達的岸

6.

他的貓沉在燈的杯底
有人被點唱機射中靶心
有人端好甲板，乾掉浪
而不溢出眼眶
家的虛線

咖啡館，與不打烊的

1.

誰心裡帶了溼傘進來
誰的落坐肯定風大
太多獨白
亂飛。是無聲劇場
咖啡匙和杯墊適時道具了
恰到好處的
攪拌和吸附

2.

陳列的遠方都已經太吵
他更需要倒出體內
冷掉的茶包

小口
喝光
那杯吐實的午後

3.

夢從不說破
哪些宿主其實是虛設

扶手椅從不拒絕
將或新或舊的立牌扶好
都從架上的日子，下工

4.

光影沒有偏好
寂寞的各式坐姿都掃描

坐墊的凹陷是列印
貓瞌睡是輸出

5.

吊燈柔柔說，去
爵士樂輕輕說，去

去
去你的青春
點你後來想要的榛果餘韻
有人整好領帶。返回
靜靜的深焙

6.

記憶
在這裡不急
當香味重新翻土
總會冒出捷徑
或蔓成遠路

往事
對面入座了

7.

座中，流光波動她
眼底的月象
陷溺在特寫，不如打包全景
再自帶一處震央

往出口移動時
搖落些土石。也許
也許就開始見晴

8.

讓拉花擱淺，彷彿
某種懸宕是刻意
文字值得時間，與桌面
那善等待的岸
慢慢敲

一座漸次揭曉的島嶼
在一杯咖啡
經久的潮汐

讓拉花擱淺，彷彿
某種懸宕是刻意
文字值得時間，與桌面
那善等待的岸
慢慢敲

一座漸次揭曉的島嶼
在一杯咖啡
經久的潮汐

— 節自黃裕文〈咖啡館，與不打烊的〉

莎拉　手寫

粉專「莎拉手寫」，IG：sara_sara0316

他們在步道——*Orpheus' Song**

他不知道人生這個玩笑
從「方便
借個力嗎」開始

他不知道秀一次肌肉
是不是就送出
一封情書

在中年，和槓鈴之前
或許，用力搭檔
加上必要的手氣，從健身房也能擠出
壯遊

地圖沒說
假期會彎進曖昧

是不是遵行得夠遠才能正式迷路
那條佯裝冷清的異國步道
分泌慫恿的天氣
暗示的神
隨身的世界已自行鬆綁

（一直以來，習慣是最大的煙霧
多適合棲居）

他們一明一暗
在步道盡頭裸裎的沙灘划向彼此
像潮聲
肌膚和吻都沾滿星光

褪去的鱗片在海上
依然垂直的白晝在景框

* 《奧菲斯戀歌》，二〇一九年上映。

憾味戰士

要捍衛的動詞早已降落
機翼再掀起
只有難纏的飛蚊

擊掌向來是最吃力
跟自己的崎嶇
戰士不死只是漸漸翻面
亮出失守的弧線

還要幾個G力才甩得掉
擊落的敵軍
高升的隊友
天空如此盛裝
佩戴誰的機尾雲

想當年，前女友谷底及時救援
比錯身的勳章更高難度
人生就這樣
鎖定傳奇卻闖入魚尾紋
墜毀之前，又成功
把一天彈射

剩下那封一寄幾十年的情書
往後拉扯顏面肌
和衝爆瓶頸的激烈想像
還在加速
別人演不來

啤酒也可以——*The Greatest Beer Run Ever**

怎能不感激
在國家的守備內
只是這一次是射程
差一點你也是射向自己的彈頭
被熱帶淹沒的彈孔

因為有一種美
是政客敷設的叢林
值得男孩們投懷送抱
讓傷亡小於一個吧檯的打賭
或燒夷彈的立場
讓捲菸大於明天
明天，如果還是一堆幹話
啤酒也可以出生入死

所以怎能不好好敬一下
奇蹟
當部隊移防下一場彈雨
當茅茨和婦孺驚恐的眼撤往下一波乒蹩
連死神也不忍全拿的前線
你看見有人早拉開拉環
乾掉一批批以星條旗沸騰的血
空罐有手榴彈的狠勁
沒有目標

---

* 美國戰爭喜劇片，二〇二〇年上映。

他途——EO*

觀看仍是唯一的台詞
更多的心入座
帶著牢籠

今晨，世界的口氣像馬戲
光和影，紅蘿蔔和鞭
總結她的吻

錯不了，日常倒立了
天涯不必馴服就對摺
異地過來
方向恰恰好繼續
擦肩誰優越的台步

沉默矮小，但回彈有時
比嘹亮更遠
如果泥濘都從花暖身
而疼惜變奏為惡戲
鬼切是劇設，超然便是隨地
從腿
讓出一條路
從肚腹
讓出又一條路

鏡頭一點一點
刮花可能
出逃還在唯一的舞台
繞圈。彷彿更接近了
登出的神
或屠刀

---

*《如果驢知道》，二〇二二年上映。

在路上

Dedicated to the ones who had to depart.
See you down the road.

——*Nomadland**

因為心是容器
因為暮色中有封存的人
沒有比擲出自己
更好的打火石

向荒漠取火
向孤島和又一座孤島取火
仙人掌的溫柔是擺明帶著刺
岩石的溫柔是滾動、碎裂
而沿著本質

沒有比遠離昨日
更好的信物
因為身是流體
因為流動是最合身的安頓

家的名字在盤子和外套
永恆的觸感
路的寫法在走過的路
當你持續是風
終於不成為雨

*《游牧人生》，二〇二〇年上映。

向荒漠取火
向孤島和又一座孤島取火
仙人掌的溫柔是擺明帶著刺
岩石的溫柔是滾動、碎裂
而沿著本質

没有比遠離昨日
更好的信物
因為身是流體
因為流動是最合身的安頓

——節自黃裕文〈在路上〉明

蔡進明　手寫

IG：jim_handwriting

輯五、世界依然應允

路在哪裡？
水在哪裡羊齒樹蛙與路就在那裡
石頭是我們的路
月亮是我們的路
啊。海是我們的路

——吳明益〈海是我們的路〉

赤尾青竹絲

生存是看不見的手抓著
從遠古和今日兩端
慢慢施力
拉我們成線形
所以長時間彈回
彎曲的身影
迂迴的路徑

綠一旦穿上身
乍看之下
存在就非常葉子了
只差多出伏擊
和防衛
那是向明天蜿蜒
難免的劇情

是環境蓄積了
足夠張力
才產生完美毒牙
與吐信
頰窩還是那麼有感於熱
有感於人類無感的氣候
微妙變遷

如果可以，寧願不留行跡
與吻痕
磚紅的尾纏繞
一種假設：
這世界依然應允
一窩窩胎生的爬行
故事，繼續接龍

穿山甲習題

試證明地面的角質深處
生活是黑頭粉刺
鑽在毛孔裡
囤積白日

試證明划動四肢
能游成一尾銳利念頭
直指某一顆
鮮美蟻窩

試證明球體
要用每一次睡眠
每一次迫近的危險
去磨圓

試證明堅硬
翼覆柔軟
生之甲冑，等同
死之魔咒

試證明在幽深溼暖的
人類肚腹
入土為安的你
無數

（繪圖：黃裕文）

試證明堅硬
翼覆柔軟
生之甲冑，等同
死之魔咒

試證明在幽深溼暖的
人類肚腹
入土為安的你
無數

—節自黃裕文〈穿山甲習題〉

陳宛詩　手寫

IG：wanshihchen

黑熊的最後四個夢

森林熟睡著
在沒有鋸子、沒有輪子
密集切割的歲月
藤牽蕨附，野果香甜
巨木的鼻息露溼霧重
深山鶯滴落囈語
那是牠和從前從前
一起沉浸的夢

而後牠驚醒
在暴雨傾注的夢境
土石吞噬土石
山嘔出山
樹木奔流
溪流出走

走上荒廢許久的舊路
走出許多新路

下個夢牠沒流淚
胸前弦月掙扎扭曲的
又一個夜
群樹環繞成黑布覆身
卻包紮不了獸鋏鉗住的
怒紅傷口
扒開蜂窩的記憶
正式跟右掌告別

有鼻吻潮潤，觸背謹慎輕柔
與母熊分開後
久違的氣味
（她？哪裡來的？
腳趾呢？
也遇到會咬齧的……藤？）

好多疑問像蠅
飛聚癱軟的夢

終於抵達不能更疲累的身軀
牠爬出自己
人立而望
嗅不到去處
只一次次目睹
同樣的困惑憤怒痛楚
原地重演牠
倒數過的夢

籠飼*

其實不在乎
為誰背負失去棲架的爪
為誰擁吻脫垂充血的肛
柵眼裡睜開的日與夜羽枝凌亂
對地面無知
早已結紮想像的翅膀

因此想像不了
沙浴
或者將喙瑣碎啄進草叢
比觀看籠子定格
重播我
重播摺疊再摺疊的無數我
更更更快活

存在是過度仰賴藥物的縮寫
一格多字，不容旋身
矩陣堆砌的日子啊
空氣也骨質疏鬆
誰又借誰失控的肉冠艱難梳理
繼續完美對齊
顆顆圓滿、雄辯的

生。產。線。

* 臺灣多數蛋雞被以「格子籠」飼養——A4大小的窄小鐵籠關養3至4隻蛋雞。

九蛙——二〇二一年大旱

夢越大現實越沉
沉到底
土是島的真相

呼吸空氣即便美妙
情願水線疊羅漢
疊起高潮

看看兩棲類
水含在表皮內，而非
滿在溢洪道

除了雨誰曾看見，傾瀉時
一隻隻森林的手
接住了，山

並非旱季戀棧
人來不及校正腦袋裡
集水的誤區

你是誰？
你從何方來？
最後一滴水問潭

你往何處去？
潭問最後一滴水
回聲關不緊所有水龍頭

日月繼續就位
靜候失憶的雨腳
游移踩上背

直到整座島想起
已疊成第十隻
半淹在乾旱裡的，明天

致消狒者*

逃亡從不是孤軍命途
每一個快閃的路口
我背著整個部族甩尾

來自官方非官方的明槍暗箭都無所謂
獵與被獵溯及大地
就不是脊索或哺乳要獨自面對

叢林法則一向快問快答
犬齒和睪固酮若沒跟上
基因就走成夕陽產業

而我發配西太平洋北回歸線刺穿的小島
差點在獸欄的胃壁內被日子溶解
一滴淚沒有掙扎滴入ＧＰＴ大海

此生誰不在迫降的棲所流離
鎮靜劑早已發揮藥效
當餵食教會我們把莽原忽略不看

---

*二〇二三年三月二十七日遊蕩桃園十八天的東非狒狒在被圍捕後殞命。

而我發配西太平洋北回歸線刺穿的小島
差點在獸欄的胃壁內被日子溶解
一滴淚沒有掙扎滴入GPT大海

此生誰不在迫降的棲所流離
鎮靜劑早已發揮藥效
當餵食教會我們把莽原忽略不看

——節自黃裕文〈致消狒者〉

蔡進明　手寫

IG：jim_handwriting

硨磲

大自然沒有直線
所以波浪起伏
沒有困難
尤其潮間帶那麼擅長
將經手的一切
日拋

生活張開巨口
存在只柔軟
介於日和夜兩片唇之間
偶然出發
漫長的棄置
就任由集滿的碎片得證
生命幾何

沒有重磅回歸的壓軸了嗎

堅強畢竟是演技
絢麗總得卸妝
咬合的括號用盡一生
回到放手
再開啟下文，像海
沒有唯一的注解

美麗！怎麼說？

自從有人發明了
面海第一排
添加異國風
淋上SPA
一道銳利的海灣
就把所有親水的眼睛
都刺瞎

東北季風不解
明明是愛撫千萬遍
記憶的柔軟曲線
怎多出僵硬的腫塊
在陸與海
婀娜的敏感帶
賣弄風騷

百萬年前的山的碎屑
都瘀血
當它們熱情列隊
隨風奔騰在長長跑道的灘
很難跨過鋼筋水泥
傲慢的欄

所有沿岸游過的魚
都受孕
產下肥皂泡包裹的卵
卵提前孵化
魚仔繼承人類
銅臭的體味

哦！美麗
怎麼說
如果強橫地植入
外來口味

如果製造疤
好在大地袒裸的肚皮
展示縫合的浮誇

看往斷裂的海岸線吧
海離很近
不急
就像季節有風，風有飛沙
海有的是潮汐
遲早索回
轄有的美麗

柴山海岸*

從地質陡降的一匹匹潮聲
踏得眼睛都是
腥鹹蹄印

醒的山沒打算遮掩
睡的線條
遙遠的誕生未完
新近的衰亡待續

海岸林。歲月安靜成一隻
白高腰蝸牛
頭尾拉長
再拉長
像為了下切珊瑚礁岩

用一座海
冰敷崩解的痛楚

海浪在左葉浪在右
漲潮時我們高繞
臺灣海棗久候的導讀
潮間帶反覆洗版
島的碎形編年
雲的紀傳
人的逗
點

* 柴山：西臨臺灣海峽，因地質脆弱，崩塌的珊瑚礁岩塊散布海岸，形成少見的沙岩岸地貌。

岸不能拒絕*

你看見海
巨大的玻璃體
比遠方更藍的凝視
比足印更淺的你

停駐是點，經過成為線
島嶼立體在風裡
在火山岩峭壁和林投的投影
烈日不頒贈古銅勳章
除非誰蒼白的生活
準備好曬傷

印象的舊路線往下
時尚是寬頻，上傳遊客到
每一處打卡熱點

他說，岸不能拒絕浪啊
午後，紅頭山有雨
雨中有氣象站漏報的瘀青

又一個盛夏被擠爆
剩下觀光
你看見海角
退到不能逼視之輕
像山羊退到礁岩
安靜的剪影牢牢釘在
潮湧的時態

＊蘭嶼，二〇二三年。

巡山

闔上人間
就翻到雲
冷冽的證詞。六月
有一場雪
落在理解更早

群樹的城邦
只許腳步服貼
大地色
巡山的人被自己的礦物性
又遠遠接近一些

前來吸水的蝶隻
試圖命名無題的溪床
每種站姿都是樹

風格是認領
下一章破曉

除去盜伐
林相等於自由演替的意志
不被目擊的樹倒
在例行和不經意
也偶而在心底

山慢慢走就已經歲月
冷縮的多樣性
和雲海底下，熱漲的全球化
都在褶皺
起伏裡

問路——溼地種電

海濱攤開
在陰影下，像為了不漏接
可能飛來的
請問
老人隨手一塊溼地洗老花
「肺難得放晴了」
吐出一口霾
幾乎將海風毆傷
老人咳，說好發季節煤是過敏原
指給我看腹部長巨型釘齒一列
逐日耙開天空
把整座島往灰裡倒
忽然老人癢，指搔處大尺碼新裝裁切
太陽，套在瘦到見骨的鹽田和魚塭
擠掉了佃戶擠掉汗的晶體

嚇跑幾季水鳥幾把撒時間培養的遼闊
「一旦啊選了路走
路就走成你們」
老人的凝望漸漸舢舨
肉眼只追上一大片光
奮不顧身，淹沒海陸交界
看不清光平面是否救贖在探頭
現在越來越重度近視。改變
非種不可了
「種在哪」
木麻黃在開發前線似招手若搖頭
潮聲搭上來敬老人一口接一口
「還是慢慢釀的
好」
還是白鬚垂落
一塊塊光陰荒煙蔓草
不驚擾腳下萬物繁衍與枯朽
老人拄杖慢慢走

文明卡在前面
一再踩線，老人說不介意後退
再後退
一縷爐煙
以淡去的手勢升起
像要迎迓終會滾地而至的
眼，那眼底成像追尋的光
能開路，且懂得
讓路

不存在的公聽會

聽說土地肥
國家計畫攤開切
願景摩拳擦掌，人言卡位
像祕密集會

門縫有空氣
擠進行政程序
憋著起飛後光天化日的瘀傷
舉手等，吐出經濟的
各種嘴，吐給它
劇咳的發言權。氣密窗盜汗
是溪從高山來
入座時水泥夾道
呼籲島，築高堤岸的
別忘了生命水做的。

站著送葬自己，行道樹攤牌
與其被斷頭腰斬，種成碑
插滿街，不如拉倒。春天苦短
紅樹林躺在暴露和高潮
不再臉紅，沿海岸線賣弄
金屬妝，需索並擁抱
不明的搜括與排放。
反嘴鴴離席抗議前，忙抽走
泥灘裡太瘦的籤，瘋搶不得不
不得不度冬的來年。

淺山經開發加持，飛快悟出
一條路，切穿石虎
縮進肉墊和叢林的生命線
原來一閃神
即天堂。就殉拓寬的道以碎骨吧
就以粉身試
法的放行無阻。

穿山甲入藥蒐證，摸清了
慾望底限，全副武裝也穿不透
文明的銅腸鐵胃
假若能技術阻撓同類
命中人類口腹，此身
甘願做球。

網傳和媽媽走散，是森林
最夯路線。小黑熊藏好
眼淚，跑出來自清
萌翻新聞，洗板社群
贏得媒體一致點頭：讓自然退回
隨時走光的隱私。
暈眩的麻雀上空
更暈眩的黑鳶盤旋
幾乎擦身紅豆田
甜進骨子裡的藥物成癮。

一直宣誓是景氣，往前撲
想盜壘。稻田不甘居下風
眼神青青，從秧苗追豐年。
而沿途，陽光有工廠灼燙的鐵皮要閃
而雨，有廢水油亮的水花要彈。

聽說島醒來
從煙囪舉高高的夢
土地翻過身，對決天
投來的變化球

致一生寫在門上的人——《車諾比的悲鳴》

你從那裡來，帶著那裡一起來
帶著你家的門，用摩托車搬運的那扇
穿越作惡夢的樹林，穿越巡夜的槍枝
「必須把過世的人放在門上」啊

你的母親說，要讓他們安息
你第一次拆下那扇門，是在棺木運來之前
你讓父親躺在上面
你坐在門邊整夜，家門敞開整夜

然後門被裝上
你一年級、七年級、當兵前的舊刻痕
加上你兒女成長的新標記
再加上後來，沒人料到的輻射劑量

一九八六年四月二十六日以後
你名叫車諾比
邊境以南那座核電廠引爆你
成為一個新物種，據傳
會在夜裡發光

「沒有人跟鸛說發生了什麼事」
撤離時，「貓看著人的眼睛，狗兒哀嚎」
一段時間後，牠們與農田都感染野性
你只比變成紅色，再漸漸轉為橘色的常青樹
多瞭解一點點

瞭解那些銅板大小的黑斑
會如何一個接一個
在你的妻你的女兒身上出現
瞭解她們所做的檢查報告都不是她們的
更不是你的

官方說，多喝伏特加有助於抵抗輻射
沒人管伏特加有沒有銫或鍶殘留
沒伏特加就喝古龍水或玻璃清潔劑
然後英勇的清理人自願為主義為國家為你們
上前一步

你與他們一同抵達悲劇的新燃點
他們爬上融化的反應爐屋頂
清除石墨碎片和往後人生
你潛回隔離區，偷出一扇家族記憶

你剃光頭的六歲女兒躺過了
如今，你或許也已躺上它
這輩子，伴著所有新舊刻痕
終於都被那扇門帶上

但你被置入棺材，連同那片破門板
與其他輻射汙染物一起掩埋

「回歸塵土竟是如此簡單」
一朵輻射雲就將你們的城掩埋成
永恆的墓與碑

土地不是我們，我們卻是土地
你從那裡來，帶來那裡漫長的倖存
讓死亡如此簡潔而慈悲
你終究從核能神話解脫了嗎？
萬年後半衰的我們問自己

疫後

風向和雲霧
念頭，說詞
遠山與近樹
腳步，生活

之前眼睛
現在心
以後每一口呼吸

輯六、反覆拆封更多的耳朵

他站在不遠處，以顫抖的手指慢慢剝開糖果紙。他舔著糖果，用大大的眼睛瞪著我。我注意到，他站在那裡專心舔著糖果時，手中仍抓著那只玉米牛肉空罐子，好像它會忽然消失一般。

——唐・麥庫林（Don McCullin）
《不合理的行為》，李文吉／譯

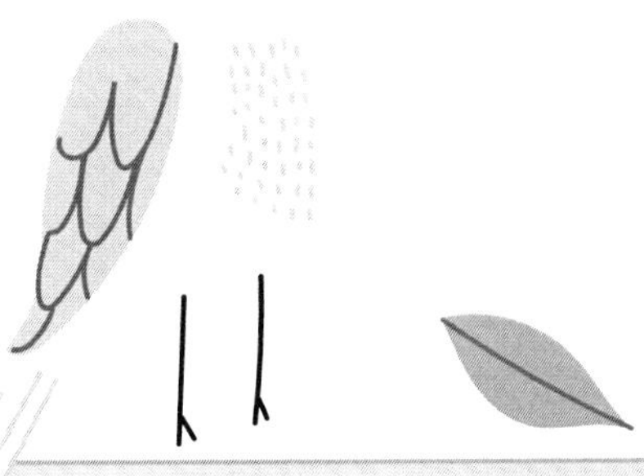

雨那麼美*

他們怕
自由呼吸的髮膚
會挾持
道德的眼睛

他們說
惡與性別俱來
只能禁止妳
自內而外獲釋

列車行進
妳是一朵又一朵潔白
遞出
為她們接種
除罪的疫苗

當法律
往後疾馳

妳是花
被強行移植容器裡
花應是容器
要到戶外
盛裝
赤裸的日光
和雨。

「那麼美」
那麼值得髮
黑而亮地解開
去接
去滴在柔軟的大地

---

* 伊朗女子Yasaman Aryani，於二〇一九年國際婦女節當日摘下頭巾，在火車上分發白花，爭取女性選擇穿著的權利。後遭判刑監禁。

妳是花
被強行移植容器裡
花應是容器
要到戶外
盛裝
赤裸的日光

和雨。

「那麼美」
那麼值得髮
黑而亮地解開
去接
去滴在柔軟的大地

——節自黃裕文〈雨那麼美〉

陳宛詩　手寫

IG：wanshihchen

經過的，家*

日後車廂的乘客會進入一幕緩緩步下迴旋梯的夢
新娘扶著櫸木扶手，被新郎的手扶著
從母親的手裡，接過一個家

日後地下軌的列車會忽然載滿整車廂漂浮的家具
吊燈上面漂著書櫃，針線盒上面浮著冰箱
在信箱上面蓋著被子，睡著一個家

經過家，而成為屋主
經過家，而成為透天厝的起居
經過家，而成為被敲掉的磚

經過家，而寫日記在房間角落讓怪手翻閱
經過家，而從炒菜鍋爆一屋子香等政策轉彎
經過家，而整戶被搬到警方人牆的對面

日後離家的人會進入一座幸福商城
在架上物色幸福，在架上被幸福物色
再回去那一棟被另一個新興計畫物色的房子

日後有家的人會回到一紙鎖上家門的告示
上面載明你的不在場，上面載明你的被安置
你撕不下它也攔不住腳下的土地重新流浪

* 二〇二〇年南鐵徵收。

拿走，就是了

拿走陽光、鳥鳴、拿鐵咖啡
就是你從頭迎戰的拂曉了

拿走書包、提包、公事包
就是你不能遲到早退的街頭奔走了

拿走老師、學校、白日夢塗鴉
就是你最新上架的課表了

拿走音樂、跳舞和吻
就是你學著適應的週末了

拿走恐懼、遲疑和淚
就是你必修的青春了

拿走護具、連續處方籤、晚年
就是你自費的戶外療程了
拿走搖籃、平靜分泌的乳腺、黎明
就是你懷裡哭著入睡的嬰兒了
拿走同胞、感覺、善惡界線
就是跪騎在你頭頸肩背上的四名警察了
拿走清洗、包紮與結痂
就是你不斷更新的皮肉了
拿走無辜、姓名，以及心跳
就是你眼前被押走的男男女女了
拿走空氣、手腳、說和沒說出口的話
就是你奮力重回再奮力脫困的街了

拿走採購、外食、回家
就是你的出門了

拿走關門、鎖門、隨便一位家人
就是你的居家了

拿走晚餐、床、嚴重誤點的夢
就是你成功守住的深夜了

拿走網路、媒體和語言
就是你被改編的真人真事了

拿走記憶、想像、信仰
就是你被回歸的城了

拿走真相、覺醒的民眾，拿走靈魂
就是你不能再更赤裸的政府了

拿走我，拿走我們，拿走我們理所當然的一切
就是曾經的你、現在以後的你們了

自由落體

當明天被宣告病危
拆開身體，去包紮
碎裂的此刻
當暴政整形成慈母
噴濺血淚，去沖洗街頭
彈痕纍纍的民心
當人權被政權擁戴
以設計精密的法條
與彈藥，用重力
加速度，加靈魂
求證青春
一夕之間被迫長大
又來不及長大的拋物線長

煞不住遽然崩塌的天地
就用盡一口氣
將生命快轉
一片落葉飛奔
向不願告別的母土
一枚落日深埋於惡夜
要從海角引燃
潑天旭光

沉默的大地接殺
流星不再老去
悲劇的是
自由式
遠遠追不上被即興創造的
不明落體

等說話的蘑菇

你深入的手執一株水生植物
拿著傘的樣子活像等說話的蘑菇
——晚晚〈話猶自娉婷〉

必要時傘打開你成一棵樹
輪生枝，小葉密生
像要把傾瀉的話都收回

為了反覆，拆封更多的耳朵。
更多街燈在傘緣演練過月光
淺積水有新世界的景深
黑夜是意志的前驅物
意志是缺氧時奔赴光年

除了棲身書寫誰在誰眼底紛紛
墜成流星
正如萬萬不得的蘑菇只能
祈禱更長的雨汛
假設更濃稠的溼意

——命題降臨時是彼此的沃野
被沒收則遁走成菌絲
你撐傘將乾旱寫成稀樹草原
等雨的樣子像等日光溺愛的葵花

他炸了一座橋——Vitaly Vladimirovich Skakun*

來不及搭一座橋
就炸一座橋

連同橋一起炸毀的
是從戰火撕下
貼在胸口的家

連同家一起炸毀的
是拔離藍天海洋
種進煙硝的麥苗

來得及炸一座橋
就搭一座橋

連同橋一起搭建的
是鋪墊以血肉以魂魄的
返家之路

連同路一起搭建的
是重墾麥田的人
胸口一再拭亮的名字

* 烏克蘭士兵。二〇二二年二月二十四日手動引爆地雷，捨身延緩俄羅斯軍隊進攻。

連同橋一起搭建的
是鋪墊以血肉以魂魄的
返家之路

連同路一起搭建的
是重墾麥田的人
胸口一再拭亮的名字

——節自黃裕文
〈他炸了一座橋〉

Gloria　手寫

粉專「字遊空間」，IG：gloria_handwriting

「媽，我很好」

媽，我很好
請別在門口提那盞燈
這裡雪甚至暖一點
即使沒有禦寒的衣物隨身

這裡的杉和後院的一樣
野鴿飛過樹和樹的裂縫
這裡親友一樣曾住在彼此對街
或路口轉角，而非炮坑

這裡的槍不向平民走火
這裡日出不查驗國籍
這裡我們種下的火不偏袒
任何性別，和語言

媽，請轉告她
吻她的男孩
在每一次出擊時祈禱
不是經過她的屍骸

我只是一路聽見家鄉
從未發出的哭嚎
留在那的夢遼闊且平坦
沒摔進戰壕

我們只是被安置的房間
沒有對外窗
他們的窗碎在嬰孩的臉和病人的眼
沒有屋和牆

這是借我的手機
這是借我的外衣
這是借我解渴的水

這是借我喘息，在他們的傷口裡
請把他們準星下的心臟傳出去
把他們搶救的未來傳出去
把他們歸還我的性命傳出去
傳到聲稱演習的，我們的國

讓它知道我很好
是這一場又一場演習的奇蹟
那些被陰謀蒙住雙眼
以子彈摸索異域的同鎮少年

那些被指頭一圈
就讓硝煙草草掩埋的家園
沒有奇蹟
在發射的武器中深眠

且飛行的我們的國
它好嗎？看見了他們
正死著我們的死，而我們
又活著誰的活？

沒事的，媽
這裡血甚至暖一點
足夠禦寒國家的那面旗
將我們覆蓋。還給妳

臺灣特有種*

一、一日寫真

1.早

早起的鳥兒有蟲吃著他
領空的邊框。他想起巢內類似咬痕
來自裝睡的，軟骨動物

2.中

天下沒有白吃的午餐，島有島
淬鍊的活性，即便代價是海

3.晚

我們晚熟的夢奔跑著孩子自由的韻腳

二、臺灣特有種

1.天

飛？長尾山娘說：不！
護巢才是天底下最優雅的美德

2.地

屹立地牛脾性的沸點，或許可成就高
扁柏說：但其實更高的是島
日夜操演海——趴向惡礁不如迎撞

3.人

黑熊說：越恐懼越要保持，人立

三、馬的多重宇宙

1.天

行空天馬行不通無痕的天網

2.地

為了「安全」
斑馬線畫在地上，更要畫在
可疑的身上

3.人

天雨粟，馬生角
兩岸一家親

四、牆內世界

1.地

兩岸這題，是家人才送親情和演習

2.人

上吧！祖國的孩子
資訊作戰不會有實體的炮灰

3.天

在空氣的永凍層裡有人發現
準星下，島何其熾烈地
享有呼吸

五、自由詩

1.風

廣場依稀有風，但已呼吸不到空氣

2.沙

自由是飛進眼裡的沙。鐵幕後
他們淚流不止

3.星辰

路，只有走成光源。或者站著
凝視深夜，直到夜被深深鑿出
星辰

＊二〇二三年人間魚詩社「戰爭的腳步，真理的狼煙」實驗性新詩型六行詩。

【後記】

下雨了！苦雨的南部，苦雨的島。久旱不雨苦，豪雨豪大雨也苦。然而雨終究會來，就像雨終究會停。

因驟雨起霧的玻璃，還是那麼引誘指頭去畫，引誘掌心去抹。

寫詩，像是在抹起霧的玻璃。指畫過掌抹過，才有一點點透視、照見，甚至逼近什麼的可能。

然而，寫詩又像是在玻璃上呵氣。然後，等讀者用指掌來抹了。

感謝思彤、昀墨在臉書文藝社團「竊竊詩語」、粉絲專頁「詩聲字」的推薦選用並委託專人手寫，為本書增添手感溫度。感謝「臺灣詩學吹鼓吹詩人叢書」主編蘇紹連老師青睞。感謝林靈歌老師、昀墨盛情作序推薦。感謝福龍對成書的協助。感謝偉傑對出版的提點。感謝彥儒編輯編務上的商洽。感謝給過任何回饋的朋友。感謝讓這些詩句帶著些微溼意，流經眼前的你。

抹掉，玻璃上的水霧，我們看見下雨了。落下的雨水，有的成為逕流，有的成為伏流，有的匯流至低窪處，逐漸漲高。然後雨停了，就像雨終究會來。

【附錄一】發表索引

輯一、一刀一刀慢慢剪

生字	二〇一九年十二月《自由副刊》
如果不踢踏	二〇二二年六月《有荷文學雜誌》
研究	二〇二〇年十一月《自由副刊》
篆刻人生	二〇二三年十二月《轉身：2022~2023臉書截句選》
裁山	二〇二三年一月《人間魚詩生活誌》
大叔	二〇二三年七月《乾坤詩刊》
山線，海線	二〇二三年六月《有荷文學雜誌》

輯二、細細刨絲給你

失愛物種	二〇二三年六月《有荷文學雜誌》
海只遞來	二〇二二年十二月《有荷文學雜誌》
細雨	二〇二三年三月《吹鼓吹詩論壇》
	二〇二三年十二月《轉身：2022~2023臉書截句選》
被暗殺的人	二〇二二年十月《人間魚詩生活誌》
往下走	二〇二三年九月《創世紀詩雜誌》

家政課	二〇二四金車新詩獎優選

輯三、在你的眺望裡描述莽原

樹屋	二〇〇七年六月《自由副刊》
別問幾隻	二〇二二年六月《創世紀詩雜誌》
異體質	二〇二三年四月《人間魚詩生活誌》
兇猛靜物	二〇二一年十二月《創世紀詩雜誌》
臥姿的貓	二〇二三年九月《創世紀詩雜誌》
夜創造臨時的神	二〇二三年三月《創世紀詩雜誌》
閏二月	二〇二三年六月《創世紀詩雜誌》
極限	二〇二一年九月《創世紀詩雜誌》
象群	二〇二一年十一月《葡萄園詩刊》
白噪音	二〇二三年十二月《轉身：2022~2023臉書截句選》

輯四、僅僅因為搖晃

一起很新很輕的揭露	二〇二三年十二月《野薑花詩集》
幸福快樂的日子	二〇二三年十二月《轉身：2022~2023臉書截句選》
水手，水手	二〇二三年一月《人間魚詩生活誌》
花見小路	二〇二二年十二月《有荷文學雜誌》

冰屋
掌中
燈光師工作日誌
調酒師切點
咖啡館，與不打烊的
他們在步道
啤酒也可以
他途
在路上

二〇二三年十二月《創世紀詩雜誌》
二〇二三年十月《人間魚詩生活誌》
二〇二三年七月《人間魚詩生活誌》
二〇二三年十二月《有荷文學雜誌》
二〇二四年一月《乾坤詩刊》
二〇二三年四月《人間魚詩生活誌》
二〇二四年四月《自由副刊》
二〇二四年三月《創世紀詩雜誌》

輯五、世界依然應允

赤尾青竹絲
硨磲
美麗！怎麼說？
柴山海岸
岸不能拒絕
問路

二〇二〇年十二月《自由副刊》
二〇二四年三月《人間魚詩生活誌》
二〇一二年十二月《自由副刊》
二〇二二年九月《創世紀詩雜誌》
二〇二三年十二月《生活潮藝文誌》
二〇二三年六月《吹鼓吹詩論壇》

輯六、反覆拆封更多的耳朵

自由落體　二〇二〇年二月《自由副刊》

他炸了一座橋　二〇二三年四月《人間魚詩生活誌》

「媽，我很好」　二〇二二年四月《自由副刊》

臺灣特有種　二〇二四年三月《人間魚詩生活誌》

【附錄二】手寫者資訊

詩名	手寫者	臉書／IG	
〈如果不踢踏〉	賴柏年	IG：lai.po.nien	
〈好問題——生日參加素養導向教學研習〉	律羲和	臉書帳號 @LyuSiHe	IG：lyusihe
〈細雨〉	Gordon	粉專「字練狂」	
〈家政課〉	小花	粉專「小花愛寫字」	IG：sf_handwriting

詩名	手寫者	臉書／IG	
〈樹屋〉	默默	粉專「默默。衛生紙上的手寫字」	IG：momoca_handwriting
〈晚蟬〉	伯納	粉專「伯納的字紙簍」	IG：bernardwrites
〈咖啡館，與不打烊的〉	莎拉	粉專「莎拉手寫」	IG：sara_sara0316
〈在路上〉、〈致消狒者〉	蔡進明	IG：jim_handwriting	

詩名	手寫者	臉書／IG	
〈穿山甲習題〉、〈雨那麼美〉	陳宛詩	IG：wanshihchen	
〈他炸了一座橋〉	Gloria	粉專「字遊空間」	IG：gloria_handwriting

語言文學類　PG3142　吹鼓吹詩人叢書59

白噪音

作　　者 / 黃裕文
主　　編 / 蘇紹連
責任編輯 / 陳彥儒
圖文排版 / 陳彥妏
封面設計 / 嚴若綾

出版策劃 / 秀威資訊科技股份有限公司
法律顧問 / 毛國樑　律師
製作發行 / 秀威資訊科技股份有限公司
114台北市內湖區瑞光路76巷65號1樓
電話：+886-2-2796-3638　傳真：+886-2-2796-1377
http://www.showwe.com.tw
劃撥帳號 / 19563868　戶名：秀威資訊科技股份有限公司
讀者服務信箱：service@showwe.com.tw
展售門市 / 國家書店（松江門市）
104台北市中山區松江路209號1樓
電話：+886-2-2518-0207　傳真：+886-2-2518-0778
網路訂購 / 秀威網路書店：https://store.showwe.tw
國家網路書店：https://www.govbooks.com.tw
經　　銷 / 聯合發行股份有限公司
231新北市新店區寶橋路235巷6弄6號4F
電話：+886-2-2917-8022　傳真：+886-2-2915-6275

2025年7月　BOD一版
定價：320元

讀者回函卡

國家圖書館出版品預行編目

白噪音/黃裕文著. -- 一版. -- 臺北市 : 秀威資訊科技股份有限公司, 2025.07
面 ; 公分. -- (語言文學類 ; PG3142)(吹鼓吹詩人叢書 ; 59)
BOD版
ISBN 978-626-7511-97-8(平裝)

863.51 114007547